小草莓在田裡

迫不及待的等著自己變紅的那一天。

小草莓,
妳在哪裡?

野志明加／文圖　米雅／譯

有ㄧ一ㄧ天ㄊㄧㄢ早ㄗㄠ上ㄕㄤ，
小ㄒㄧㄠ草ㄘㄠ莓ㄇㄟ發ㄈㄚ現ㄒㄧㄢ自ㄗ己ㄐㄧ終ㄓㄨㄥ於ㄩ變ㄅㄧㄢ得ㄉㄜ紅ㄏㄨㄥ通ㄊㄨㄥ通ㄊㄨㄥ了ㄌㄜ！
她ㄊㄚ和ㄏㄜ其ㄑㄧ他ㄊㄚ的ㄉㄜ草ㄘㄠ莓ㄇㄟ朋ㄆㄥ友ㄧㄡ
咚ㄉㄨㄥ咚ㄉㄨㄥ咚ㄉㄨㄥ的ㄉㄜ跳ㄊㄧㄠ進ㄐㄧㄣ籃ㄌㄢ子ㄗ裡ㄌㄧ，
準ㄓㄨㄣ備ㄅㄟ離ㄌㄧ開ㄎㄞ草ㄘㄠ莓ㄇㄟ田ㄊㄧㄢ。

他們來到了蛋糕店。

當大家正在聊天的時候，

小草莓被另一頭的東西吸引了。

「那邊有什麼東西呢？

我過去看一下。」

小草莓從籃子裡跳出來，跑走了。

「咦ー？小ㄒㄧㄠˇ草ㄘㄠˇ莓ㄇㄟˊ跑ㄆㄠˇ去ㄑㄩˋ哪ㄋㄚˇ裡ㄌㄧˇ了ㄌㄜ˙？」
「剛ㄍㄤ剛ㄍㄤ明ㄇㄧㄥˊ明ㄇㄧㄥˊ還ㄏㄞˊ在ㄗㄞˋ這ㄓㄜˋ裡ㄌㄧˇ啊ㄚ˙。」
發ㄈㄚ現ㄒㄧㄢˋ小ㄒㄧㄠˇ草ㄘㄠˇ莓ㄇㄟˊ不ㄅㄨˋ見ㄐㄧㄢˋ了ㄌㄜ˙，
大ㄉㄚˋ家ㄐㄧㄚ一ㄧˊ陣ㄓㄣˋ驚ㄐㄧㄥ慌ㄏㄨㄤ。
「小ㄒㄧㄠˇ草ㄘㄠˇ莓ㄇㄟˊ，妳ㄋㄧˇ在ㄗㄞˋ哪ㄋㄚˇ裡ㄌㄧˇ？」

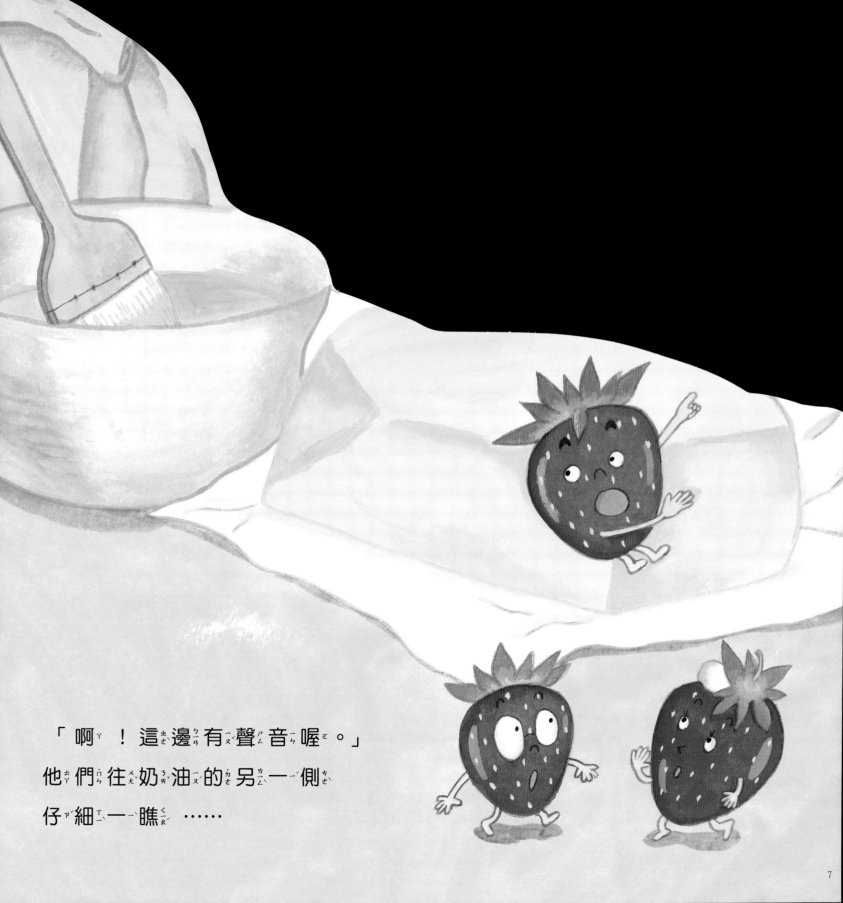

「啊ㄚ！這ㄓㄜ邊ㄅㄧㄢ有ㄧㄡ聲ㄕㄥ音ㄧㄣ喔ㄛ。」
他ㄊㄚ們ㄇㄣ往ㄨㄤ奶ㄋㄞ油ㄧㄡ的ㄉㄜ另ㄌㄧㄥ一ㄧ側ㄘㄜ
仔ㄗㄞ細ㄒㄧ一ㄧ瞧ㄑㄧㄠ……

好多的水果派和水果塔！
「小草莓，妳在哪裡？」

他們找啊找，
來到了果凍和布丁排排站的地方。
「小草莓，妳在哪裡？」

另一頭還有一條條的蛋糕捲呢！

「小草莓，妳在哪裡？」

「啊！小草莓在那裡！」

「唉！被你們找到了。哎喲！」

小草莓滑了一跤，咻溜 ——

眼看著就要掉進熱騰騰的果醬鍋裡。

「危險 ——！」

這時候，
檸檬們突然……

「啊！幸好得救了。」

「我們找妳找了好久！」

「嘿嘿嘿，讓你們操心了，真是對不起。」

「既然找到了小草莓，那我們就全員到齊囉！」

「來吧，小草莓，我們往那邊走！」

「咦？往那邊？」

「快點、快點！」

小草莓跟著大家往前走，結果……

「這ㄓㄜˋ邊ㄅㄧㄢ、這ㄓㄜˋ邊ㄅㄧㄢ！」

大ㄉㄚˋ家ㄐㄧㄚ竟ㄐㄧㄥˋ然ㄖㄢˊ一一一的ㄉㄜ˙跳ㄊㄧㄠˋ上ㄕㄤˋ梯ㄊㄧ子ㄗ˙，往ㄨㄤˇ上ㄕㄤˋ爬ㄆㄚˊ。

小ㄒㄧㄠˇ草ㄘㄠˇ莓ㄇㄟˊ抬ㄊㄞˊ頭ㄊㄡˊ一一看ㄎㄢˋ……

作者的話

　　每次看到蔬果店和超市裡擺著紅通通、閃閃發亮的草莓，就覺得整家店突然變得特別熱鬧，甚至有一股甜甜的香氣飄散在四周的感覺。蛋糕店的展示櫃裡，雖然一年到頭都看得到裝飾著草莓的蛋糕，但是當草莓季一開跑，蛋糕上的草莓分量增加後，整個展示櫃就變得更加活潑動人。把草莓放進嘴裡，大口咬下去，一股酸酸甜甜的味道擴散開來，讓人各種感官都沉浸在幸福裡。世界上能有草莓這種東西，實在太好了！

野志明加／文・圖

1978年出生於日本和歌山縣。繪本代表作有《香蕉爺爺香蕉奶奶》、「好吃的服裝店」系列、《天婦羅奧運會》、《歡樂無比！麵包嘉年華》（小山丘）、《動物們的冬眠旅館》（大穎文化）、《交給我！》（薪展文化）、《小布、小霹、小多購物記》、「微笑熊」系列（光之國出版）、《爸爸的背》（CHILD本社）、《開動了忍術密技》（東本願寺出版部）等。

©小草莓，妳在哪裡？　　　　　　　　　　　　　　　　2024年1月初版四刷

文圖／野志明加　譯者／米雅
責任編輯／江奕萱
發行人／劉振強　出版者／三民書局股份有限公司
地址／臺北市復興北路386號（復北門市）　臺北市重慶南路一段61號（重南門市）
電話／02-25006600　網址／三民網路書店http://www.sanmin.com.tw
書籍編號：S859681　ISBN：978-957-14-7292-8
※本書如有缺頁、破損或裝訂錯誤，請寄回本公司更換。
※有著作權，侵害必究。

小山丘官網

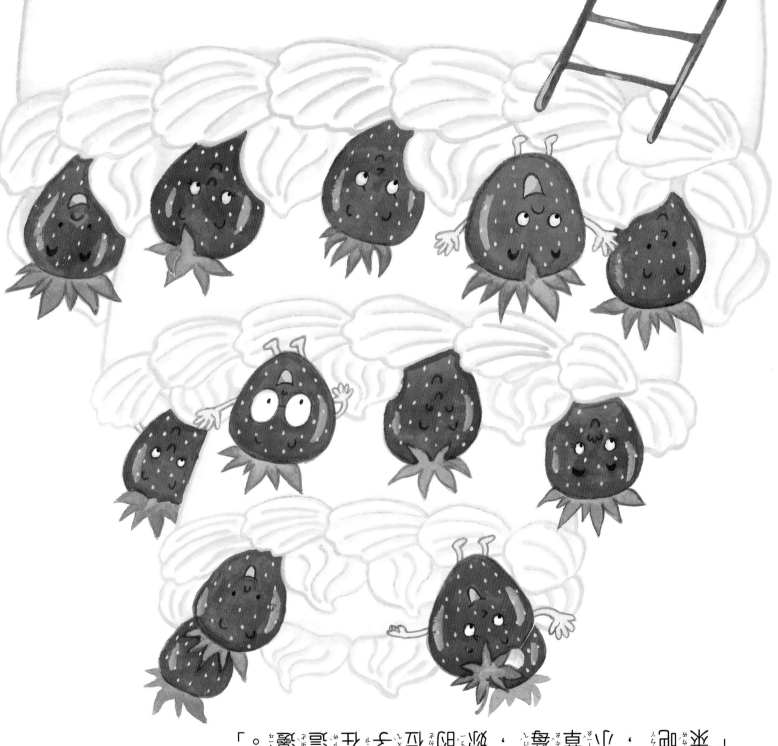

「來吧，小草莓，你們的位子在這裡喔。」

出現在眼前的竟然是一個好漂亮好漂亮的草莓蛋糕！

▲ 請往上翻唷。

「太棒了！我是最上面的那顆！」
小草莓一爬上去，
為客人特製的草莓蛋糕
就完成了！